钱从哪里来？

[日] 三浦康司 著
[日] 爱都 绘
彭懿 译

中国出版集团有限公司
世界图书出版公司
西安 北京 上海 广州

我特别想得到一个东西。

"请给我那个玩具!"

"50元。"

可是因为我没有钱,所以没买成。

"妈妈,你给我买!你给我买!"

"等你过生日时再买。"

好吧,那我就自己去找钱。

哪里有钱呢?

拧开水龙头,没有钱流出来。

天上也没有下钱。

不管怎么按,钱也没有从机器里出来。

钱也没有像花一样开出来。

哪里也没有……

钱，到底在哪里呢？

"帮帮我……"

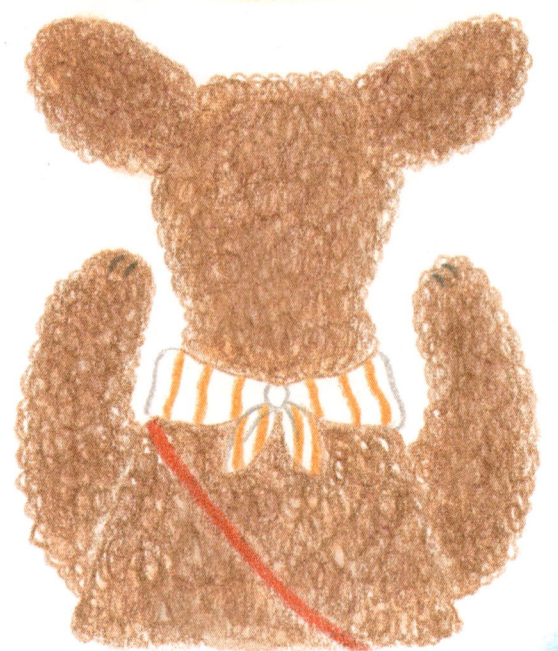

啊!有人摔倒了。

"我摔伤了,要去医院看看。你能帮我照看一下面包店吗?就一会儿。"

"好呀。"

"谢谢你!你只要坐在店里就行了。"

一个顾客都没有,
空空荡荡的。

店长走的时候说,肚子饿了可以吃面包。

这么好吃的面包,应该让更多人吃到。可是没有人来……有了!

"这里是面包店,有人要买面包吗?"
我声音太小了,没有一个人来。

欢迎光临!
这里有
好吃的面包!

我大声地喊了起来!

"哎呀，这么可爱的小店员。请问哪种面包好吃呢？"

"奶油面包特别好吃！"

"那我就买一个吧。"

"谢谢!"太棒了!我卖掉了一个面包。

"等不及了,先在这里尝一口……"

"哎呀,太好吃了!"

"谢谢你的推荐,真是太好吃了!"

"不客气,谢谢您来买面包!"

好开心啊!
我想让更多的人吃到好吃的面包。

要怎么做,才能让大家来买面包呢?

把面包放进漂亮的袋子里。

用更大的声音招呼。

"刚烤好的面包!"
"又好看又好吃的面包!"

把面包店打扫干净。

在我的努力下,一眨眼就排起了长队!

"谢谢你们做出这么好吃的面包!"
"谢谢你的推荐!"
"谢谢你放到这么漂亮的袋子里!"

"不客气,谢谢您来买面包。"

顾客们开心地买啊买……

店长回来了。

"怎么回事?全卖光了!"

"谢谢你的帮助。这是一点儿心意。"

"谢谢！"

哇！我拿到钱了。等回到家里，我要告诉妈妈。

"妈妈，我找到钱了！"

"为了让更多人吃到好吃的面包,我努力工作了。店长对我说'谢谢',还给了我钱。"

"太好吃了,谢谢!"

"谢谢你卖给我好吃的面包。"

我在面包店努力工作了,店长对我说:"谢谢!"

大家都说"谢谢"。

原来,钱是"谢谢"
与"谢谢"的交换啊。

告诉孩子们"钱"与"工作"的重要性吧

钱的话题常常被敬而远之。可是，如果没有钱就买不了吃的东西、穿的东西。要想生存下去最不可缺少的东西，就是钱。

我们想为培养孩子们的生存能力做出贡献。

不管在哪一个时代，都希望培养"有努力生存能力的孩子"。为了达到这个目的，孩子们就要拥有思考钱、思考经济的能力，以及主动工作的能力。拥有这样的能力后，就肯定能够生存下去——我们坚信这一点。

我们特别想传达的是"培养孩子正确的金钱观与理财习惯是很重要的"。

哪怕是孩子没有管理好钱、乱花钱，也要忍住不训斥他们。说起来，花钱失败也是一种学习，希望父母能够理解这一点。

还有，如果孩子开始存钱了，开始知道为别人花钱了，一定要大力表扬。

这样做，能够帮助孩子形成良好的消费观念。

让家长和孩子快乐地阅读，让孩子自然而然地思考和学习如何获取、使用钱，如何工作，就是我们创作这本绘本的目的。

我们创办的 Kid's Money School 的关键词是："钱是一种'谢谢'与'谢谢'交换的东西。"

买了东西要说"谢谢"，卖了东西要说"谢谢"，别人为自己工作了要说"谢谢"……随着"谢谢"的扩大，大家脸上就会充满笑容，温暖和爱也传递给了彼此。

我们希望通过对钱的了解，培养出"谢谢"这种温暖的心情。

三浦康司

图书在版编目（CIP）数据

钱从哪里来？/（日）三浦康司著；（日）爱都绘；
彭懿译. — 西安：世界图书出版西安有限公司，2023.4
ISBN 978-7-5232-0226-5

Ⅰ.①钱… Ⅱ.①三… ②爱… ③彭… Ⅲ.①儿童故事—图画故事—日本—现代 Ⅳ.①I313.85

中国国家版本馆CIP数据核字（2023）第036565号

Original title: OKANE WA DOKOKARA YATTEKURU?
Written by Koji Miura & Kids Money School, illustrated by Aito
Copyright © 2022 by Koji Miura, Aito
All rights reserved.
Originally published in Japan by SEISHUN PUBLISHING CO., LTD., Tokyo.
Translation rights arranged with SEISHUN PUBLISHING CO., LTD., Japan.
Through The English Agency (Japan) Ltd. and CA-LINK International LLC.

钱从哪里来？

著　　者	[日]三浦康司
绘　　者	[日]爱都
译　　者	彭　懿
策　　划	赵亚强
责任编辑	徐　婷　符　鑫
特邀编辑	门战坤
装帧设计	刘释遥
出版发行	世界图书出版西安有限公司
地　　址	西安市雁塔区曲江新区汇新路355号
邮　　编	710061
电　　话	029-87214941　029-87233647（市场营销部）029-87234767（总编室）
网　　址	http://www.wpcxa.com
邮　　箱	xast@wpcxa.com
经　　销	新华书店
印　　刷	玖龙（天津）印刷有限公司
开　　本	787 mm×1092 mm　1/16
印　　张	3
字　　数	33千字
版　　次	2023年4月第1版
印　　次	2023年4月第1次印刷
版权登记	25-2023-004
国际书号	ISBN 978-7-5232-0226-5
定　　价	39.80元

版权所有　侵权必究　如有印装问题请与本公司联系